유모차를 미는 금자씨

문학들 시인선 037

강미애 시집

유모차를 미는 금자씨

문학들

시인의 말

아버지의 만보기가 멈추지 않고

아버지를 향한 엄마의 잔소리도 멈추지 않기를 …

그동안

입속에서만 맴돌았던 말

이제는 밖으로 내어 봅니다

어머니, 아버지 사랑합니다

그리고

감사합니다.

2025년 일월,
강미애

차례

제1부

두더지 잡기

반질반질 단단한 머리를 내미는 두더지
사정없이 내리친다
잡았다고 생각했는데
또 불쑥불쑥 머리를 내민다
다시 온몸의 힘을 실어
빠르게 내리친다
조금이라도 방심하면 또 머리를 내민다
벌써 며칠째 새벽까지 이어지는 두더지 잡기
요령이 생길 듯도 한데
아직도 부수지 못한 생각들
언제나 다 깨부술까

오늘도 밤늦도록 두더지를 잡는다

볼링핀의 기분

단단하게 온몸에 힘을 주고
바닥에 꼭 붙어 있었어
넘어뜨리려는 자를 향해
우리는 똘똘 뭉쳐 무작정 버티기로 했지
순식간에 굴러온 무지막지한 검은 공
하나만 남고 다 널브러졌어
마지막 남은 하나는 더 안간힘을 썼지만
그마저 퍽 소리를 내며 팽그르르 돌며 나자빠졌지
사람들의 환호가 더 절망스럽게 느껴졌어
무너진 우리를 보고 저렇게 좋을까

기계가 무작위로 넣어준 나는
또 다른 핀들과 하나가 됐어
세 번째 줄 왼쪽 옆 귀퉁이
이렇게 꼭꼭 숨겨진 나를 넘어뜨리지는 못하겠지
휠체어를 탄 사람이 내 앞에 나타났어
왠지 자신감이 생겼지
두 번째, 세 번째 공들을 피했지
쓰러지지 않았어 하지만, 울상을 짓고 있는 그에게

이번에는 날 넘어뜨리라는 응원을 하고 있는 거야

참 이상하지

토마토 곁순을 자르며

올봄에 심은 토마토
아이 주먹만 하게 커져가더니
벌써 하나둘 붉은빛으로 물들기 시작했다
부지런히 곁순을 따주고
까맣게 풀물이 든 손톱 밑을 보니
문득 떠오르는 아버지

아버지의 텃밭에는
해마다 토마토가 탐스럽게 달리곤 했다
겉면이 쭉쭉 갈라진 잘 익은 토마토에
설탕을 듬뿍 넣고
얼음을 넣어 시원하게 갈아
냉수 들이키듯 벌컥벌컥 마셔댔지

감자, 옥수수, 수박, 참외
아버지의 텃밭에는 먹을 것이 넘쳐났었지
여름내 밭고랑을 헤집어가며
빈틈 하나 없이 가꾸던
손톱 밑은

일 년 내내 검게 물들어 있었지

자꾸 생각나는 아버지의 커다란 손

작약

드디어 보름달처럼 마당을 환하게 밝혔다
며칠째 커다란 봉오리로
제 모습 꽁꽁 감추더니
마침내 드러낸 풍성한 분홍빛 송이들
아이 얼굴만 한 봉오리들 십여 개
잎들 사이를 헤치고
불쑥 모습을 내밀었다

아침마다 꽃밭으로 이끌더니
지난밤 비바람에 남몰래 사랑을 나눴나
빼곡히 들어앉은 꽃잎들
잔뜩 물을 머금었다
무거운 송이 고개를 들지 못해
부끄럼쟁이처럼 땅에 머리를 박았다

일 년을 기다려 꽃을 피웠지만
고작 십여 일도 못 가는 찬란함이 안타까운데
그것마저 다행이라 여기는지
또다시 일 년을 기약하는 작약은

지나는 바람에도
온몸을 내어주며 살랑살랑
그네를 탄다

제주에서 만난 그녀들

지팡이를 짚은 할머니와
이십 대로 보이는 자매를 본 것은
겨울바람 심하게 불어대는
서귀포 새연교에서다
다리 위 오르막을 힘겹게 오르는 할머니를
양옆에서 부축하며 걷고 있었다

농사일로 까맣게 그을린 주름투성이 얼굴
억센 경상도 사투리
허리가 반으로 굽은 할머니를
귀찮아하지 않았다
수시로 할머니의 모자와 목도리를
꼼꼼하게 챙기는 모습이 기억에 남았는데
워터 서커스장 휴게실에서 또 만났다

손녀로 보이는 그들은
할머니가 조금이라도 불편이 없는지 살핀다
따뜻한 차와 빵을 권하고
스마트폰을 보여주며

서커스에 관한 이야기를 하는 듯하다
언니로 보이는 손녀가 뭐라 말하자
동생은 쏜살같이 매점을 향해 뛰어가는데

동생과 함께
팔십오 세 부모님을 모시고 여행 중인 나
큰 목소리로 식당 주인을 재촉하는
아버지 때문에 주변 사람들 눈치를 보고
조금은 짜증도 났었는데
여행 내내 그녀들의 잔상이 떠올라
자꾸만 뒤뚱거렸다

악플의 변명

잘 알지도 못하면서
전부 아는 것처럼 사람들은
꼬리를 늘이면서 줄줄 매어달지

처음 생각보다 더 수위가 높아져
짜릿한 기분마저 드는데

글자 하나, 단어 하나에 송곳 같은
뾰족함이 숨어 있어 상처를 만들어냈지
그 상처를 후벼 파내듯
남을 찌르는 쾌감을 느끼게 했어

밤새 컴퓨터 자판 두들기는 소리
흰자위가
벌겋게 변해 가는지도 모르는 사람들
그로 인해 터져 나오는 비명들

거기까지는 아니었는데…

붉은 무덤

마을 담벼락 돌다 마주친
동백의 무리

꽃잎은
아직 붉기만 한데

나무 밑동마다
소복이 쌓인 꽃 무덤들

그 위로
노을이 살짝 내려앉아

저물어가는 저녁을
환하게 밝히고 있다

빈 의자

낙천리 의자 마을
천 가지의 기쁨을 담고
마을 주민들이 만든, 모양도 크기도 재질도
제각각인 의자들
각양각색의 옷 입고
자기만의 특별한 이름표가 달린 등받이
반짝이며 빛을 낸다

구석 한 귀퉁이 칠이 벗겨진 나무 의자
며칠째 찾는 이가 없다
쉽게 눈에 띄는 의자들, 하루에도
여러 차례 주인을 바꾸며 반질거리는데
뿌연 흙먼지만 내려앉은 의자
어쩌다가 개구쟁이 아이들의 발장난에
차이고 더럽혀지기만 한다

오늘도 빈 의자
다른 의자들의 들러리 되어
묵묵히 제 자리를 지킨다

농사일 마치고 집으로 돌아가는 노부부
목에 둘렀던 수건으로 탁탁 털고
잠깐 앉았다 간다
빈자리, 노을이 내려와 앉는다

햇살을 기다리며

며칠째 장마철처럼 이어지는 장대비
점령군처럼 밀고 들어와
나를 마구 휘저어 놓는다

전 부치는 소리처럼 들린다는
빗소리, 반갑기는커녕
몸이 보내는 아우성 여기저기 요란하다

입춘이 지났으니 봄비인가
어디에는 대설주의보가 내려졌다는데

물 젖은 솜처럼 무겁게, 몸은
자꾸만 가라앉는데

햇살을 기다리는 나는
빗속에 갇혀
텃밭에 늘어진 겨울 상추 같다

무관심

또 하나가 없어졌다
며칠째 이어지는 수상한 발길

네댓 마리의 남은 닭들은
범인이 누구인지 알고 있는 눈치다
뚫린 그물망을 손질하고
철저하게 단속한다고 했는데
이번에는 땅을 파고
또 훔쳐 간 것이다
남아 있는 오골계와 청계들
간밤에 무슨 일이 있었는지
알기나 하는지
온통 먹이에만 열중이다

누가 죽어 나갔는지 모르고
먹이에 집중하는
저 닭들
예사롭게 보이질 않는다

우사인 볼트

오늘도 우사인 볼트와 산책을 한다

목줄이 풀리면 어찌나 쏜살같이 달아나는지
달리기 연습이라도 한 듯
숨바꼭질하듯 보이지 않다가
이름을 부르면 총알처럼 튀어나온다

파릇파릇 돋아난 보리밭은
우사인 볼트의 운동장
제 세상 만난 듯 논두렁마다 뛰어다녀
온몸에 붙은 도깨비 풀
검은 비닐로 봉해진 볏단 뭉치를 보고
겁을 먹고 뒷걸음질 치지만
만나는 사람에게는 갖은 아양으로
프로펠러처럼 돌아가는 꼬리

다시는 묶이지 않겠다는 다짐인가
맘껏 뛰노는 모습을 보면서
각종 테두리에 묶여 있는 나도

풀리면 저렇게 자유롭게 내달릴 수 있을까
처음 보는 누군가에게
저토록 친근함을 보일 수 있을까

한없이 부러운 생후 8개월 된
비바 테리어 조이

작은 소동

겨울이 오기 전
밖에 있던 장미 허브를 집 안으로 들여놓고
따뜻하게 지낸 얼마 뒤
화분에 물을 주다 발견한 메뚜기 떼
손톱눈만 한
초록의 새끼들 수십 마리
방금 알에서 부화했는지
솜털 같은 잎 위에 앉아 숨을 고르며
떼를 지어 앉아 있다

뾰족한 입, 쌀눈 같은 눈동자를 굴려
놈들은 벌써 옆 화분으로
책상과 책들 사이로
이곳저곳 가리지 않고 튀어 다니며
한바탕 난장을 치는데
제철이 아니라는 걸
저들은 알고 있을까
팽팽한 긴장감이 돌지만
태평스러워 보이는 초록의 메뚜기 떼

봄놀이

아파트 담벼락 밑
벤치 옆
환하게 웃는 노란 민들레
개불알꽃들도 화단 가에 여기저기
그 위로 살포시 내려앉은 봄 햇살

약속이라도 한 듯 노인들 몇몇 모여든다
따스한 볕에 눈이 부시는지
얼굴을 찡그려도
조곤조곤 소싯적 비밀 이야기라도 하는지
수줍은 새색시처럼 얼굴에 번지는 웃음
환하다

구순을 바라보는 나이들
겨울이 지나자마자
서둘러 마실이라도 나왔나
짧은 햇살에 행여 얼굴이라도 탈까
선크림을 잔뜩 바른 노인들 몇몇이
봄놀이하는 오후

입속에서 맴맴 도는 말

왠지 어색하고 부끄러워 입 밖으로 소리 내지 못했지

그런 걸 꼭 말해야 해

들킬세라 조심스레 쌓아둔 나만의 비밀

혼자 행복해하고 어떤 때는 불안하기도 했어

때론 잔소리를 퍼붓다가도

등이라도 토닥여주면 눈 녹듯 사라지는 슬픔

특별한 날, 고백이라도 하려면 입속에서 맴맴 도는

가슴속에 묻어두고 아직도 내놓지 못한 말

사랑합니다

창

내게는 생각에 따라 모양이 변하는 커다란 창이 하나 있
어요

사각이었다가, 원이었다가 끝이 뾰족한 세모가 되기도
하죠

때로는 뿌연 안개에 둘려 있는 것처럼 희미하고

세찬 비바람을 맞은 듯 얼룩덜룩 일그러져 있어요

자세하게 보려 할수록 여러 겹으로 겹쳐 뭉개지고

진이 빠지도록 하루 종일 마주 앉아 있기도 해요

나밖에는 볼 수 없지만 사실은 나도 잘 보지 못해요

오늘따라 유난히 탈탈 소리를 내며 돌아가는 세탁기 같
은 창이

내 안에서 아우성을 쳐요

제2부

아버지의 창고

굳게 입을 막은 창고 문을 열자
어둠과 함께 먼지가 훅 달려 나왔다

어둠 사이로 보이는 양쪽 선반에
가지런히 놓여 있는 물건들

목이 부러져 한 귀퉁이에 세워져 있는 삽
자루가 빠진 호미

바람 빠진 자전거 바퀴
녹이 슬어 뫼비우스 띠 같은 체인

주인의 손길을 기다리는데

아버지의 기억은 창고 어느 구석
출렁이는 거미줄 같은 미로에 빠져버렸나

팽나무 그늘

백 년은 족히 넘게
마을 입구를 지키며 살아온
팽나무 두 그루
굵은 밑동과 구불구불 휘어진 가지들
하늘을 향해 팔을 벌렸다

물오른 가지마다 초록의 잎들
앞다투어 펴지고
풍성한 잎으로 그늘을 만들기 시작했다

김 씨 할아버지, 여전히 읍내 나간 마나님 기다리며
그늘 밑을 서성댈 것이고
노화댁 아주머니, 유모차 밀고 밭에 가는 길
허리 펴고 잠시 쉬다 가겠지

올여름에도
수박을 쪼개 나누고, 옥수수와 감자
모깃불 피우며 늦은 밤까지 수런대겠지

사람들 오다가다 발길을 멈추고
나무 밑에 앉아 지난밤의 안부도 묻고
망쳐버린 농사 이야기도 나누는 곳

오월
팽나무, 넓게 그늘을 늘이고 있다

사랑은 늙지도 않나 봐

오늘도 구순 어머니의 아침 기도는
칠순이 넘은 아들을 위한 부탁

숙취로 배앓이하는 아들을 위해
새벽부터 끓이는 어머니의 김치죽
냉장고에서 꺼낸 김장 김치 한 포기
흐르는 물에 설겅설겅 씻는다
어머니의 이빨처럼
듬성듬성 이가 빠진 낡은 칼로
도마 위에서 쫑쫑 썬다
이리저리 뒤틀린 어머니의 손가락 마디처럼
방향을 잃은 김치 조각들
한곳으로 끌어모아 냄비에 넣고
쌀 한 주먹 넣어 끓이면
고소한 냄새가 온 집 안을 덮는다
잘 퍼진 죽 위로 깨소금 조금 흩뿌리고
그 위에 톡, 참기름 한 방울

혼자된 아들은 홀로 남겨진 어머니의 그림자

구순의 어머니, 사랑은 늙지도 않나 봐

난로

백 년은 끄떡없다는 주물 난로
십 년 넘게 집 안의 난방을 책임지고 있다
고민 끝에 장만했는데
이젠 효자 노릇을 톡톡히 하고 있다
일 년에 두세 차례 나무를 하는 남편에게
벌목을 해 가라거나
베어 놓은 나무를 가져가라는 건
횡재한 것처럼 기분 좋은 일이다

트럭 가득 실어 온 나무들
며칠에 걸쳐 엔진 톱으로 자르고
도끼로 쪼개 정리를 한다
허옇게 나무 부스러기들을 뒤집어쓰면
몸은 땀에 흥건히 젖어들고
차곡차곡 쌓인 나뭇더미가 주는 뿌듯함도 잠시
어깨와 허리에 밀려드는 통증으로
며칠을 끙끙댄다

유난히 추울 거라는 올 겨울

걱정할 일이 없다
오늘도 난로에 불을 피운다
금세 집 안 공기가 따뜻해지고
타닥타닥 불꽃 소리
저 경쾌함 속으로
간간이 끼어드는 남편의 신음 소리

이불 덮은 배추밭

해풍을 맞고 추위를 견뎌낸
월동 배추가 가득한 텃밭

겨울을 지낸
배고픈 새들의 공격 대상이다

몇몇이 와 먹더니 제 동무를 불렀는지
일 개 소대는 돼 보인다

삥추새*는 다디단 배추 맛을 아는지
뿌리가 보일 정도로 쪼아 먹는다

이쪽에서 몰면 저쪽으로
저쪽에서 몰면 이쪽으로

화살촉처럼 뾰족한 부리에 맞서
텃밭을 알록달록 누비이불로 덮는다

창과 방패의 대결이

44

펼쳐진 텃밭

화사한 봄날
한동안 쉽게 끝나지 않을 것 같은

* 삥추새는 직박구리다.

유모차를 미는 금자씨

기역 자로 꺾인 허리
똑바로 서는 법을 잊은 지 오래
일 년 내내 손이 차가운 그녀는
중복이 지나서야 누빔 조끼를 벗었다

일제 강점기, 서울에서 중학생이 되어
꿈에 부푼 시절도 잠시
떠밀리듯 가난한 집 초등학교 선생과 결혼했지
아들, 딸, 다섯을 낳고
사모님 소리 들으며 행복했나, 금자씨
섬으로 여기저기 돌았던 남편은
이러저러한 핑계로 명절에만 얼굴을 보이더니
결국엔 딴살림을 차렸다
이혼은 상상도 못 할 일, 시간이 흘러
병이 들어서야 찾아온 남편은
솜털이 되어 날릴 때까지
모진 말로 그녀의 가슴을 후벼 팠다

지금, 그 많은 아픔은 기억에 없다

일부러 외면한 것도 아닌데
시간이 그녀의 고통을 덮어버렸나
요일도, 본인 나이도 가물가물하지만
산책하는 일은 잊지 않아
십여 분 되는 길을 한 시간이나 늘리며
유일한 취미를 즐긴다
꺾인 허리만큼 얌전하게 잘려나간 기억들
오늘도 아흔셋의 금자씨
요양 보호사의 격려를 받으며 유모차를 민다

거리 두기 2

아직 푸른 잎들 무성했지만
땅속에 머무는 시간이 길어질까 조바심 내며
조심스레 삽을 땅속 깊이 넣는다
서로 떨어지지 않으려는 듯
흙속에 엉겨 붙은 커다란 덩어리들
호미로 살살 흙을 털어가며
주렁주렁 달린 땅콩을 수확한다

나란히 들어앉은 두 개의 땅콩 알
크기도 비슷하고 색도 선명하다
사이도 좋게 적당한 거리를 두고
각자의 공간에 자리 잡은 땅콩 두 알
너무 가까워 상대가 보이지 않는 일이 없고
너무 멀어 그리워할 일도 없이
부르면 금방 달려올 거리

칠십 년을 함께했다는 노화댁 아주머니
혼잣말로 구시렁대며 남편 흉을 보지만
누가 맞장구라도 치면

눈에 쌍심지를 켜고 남편을 감싼다
오늘도 탈탈거리는 경운기를 타고
마늘밭으로 일을 나가는 노부부
사이좋은 땅콩을 닮았다

그 남자

한쪽 어깨가 기울어진 것은
평생 사무실에 앉아
일중독에 빠져 그렇다고 했다

퇴직 전, 고향 근처
여동생이 사는 동네에 집을 짓고
텃밭을 가꾸며 전원생활을 시작했다

그것도 잠시,
느닷없이 발견된 암 덩어리가
손을 쓸 수 없이 번진 아내는
미처 눈도 감지 못하고 떠났다
그는 빈집에 홀로 남겨졌다

아내를 묻고 온 후
겨우내 집 안에 틀어박혔는지
보이지도 않았고

어쩌다 마당에 서성이는 그는

부스스한 머리, 덥수룩한 수염
한쪽으로 기울어진 어깨가 더 내려앉았다

요즈음엔, 돌로 밭둑의 경계를 만들고
계단에 페인트칠하고
마치 일중독에라도 다시 걸려야겠다는 듯
텃밭과 씨름 중이다

욕쟁이 김 노인

마을에서 소문난 김 노인
입에 늘 시발누마를 달고 산다

며느리나 사위 앞에도 서슴지 않고
못마땅한 일에는
언제나 따라붙는 욕
평상시에는 저음으로 작게
화가 났을 때는
목에 힘줄이 생기도록 큰 소리로
쌍시옷이 강해져
담을 넘는 노인의 목소리

어느 더운 여름날
유치원에서 온 네 살 손자 녀석
냉동실의 아이스크림을 달라고 떼를 쓴다
감기 기운이 있어 주지 말라는
며느리의 당부가 있었던 터라
손자와 대치 중인데
녀석, 바닥에 뒹굴며

큰 소리로 외치며 울기 시작한다

하부지 시바누마

병영, 한옥에 빠진 그녀

마당엔 십여 그루가 넘는 감나무
이웃과 물건이 오갈 정도의 낮은 담
서까래가 튼튼해서 마음에 들었다는 그녀는
사백여 평의 집터에 앉은 한옥을
집값보다 더 들여 새 단장을 했다

독립된 네 채의 공간에는
여러 개의 방들을 만들어 지인들을 위한
공간으로 꾸몄다
외양간이 있던 자리엔
화장실과 샤워실로 밝은 햇살도 들이고

마당 가운데는 수십 년은 족히 되었을 목련과
동무하듯 마주 보는 커다란 감나무
봄이면 꽃 향이 은은히 마당을 감돌고
여름엔 풍성한 그늘을
가을엔 노란 감들이 주렁주렁
겨울엔 두 나무들 사이로
앙증맞은 꼬마전구들이 바람에 그네를 타는

집 뒤 장독대 옆 작은 텃밭엔
십여 포기되는 김장 배추가 속도 차기 전에
벌레에게 먹히는 중이다
잡으라는 말에 나눠 먹죠, 하는 그녀의 입가엔
작은 벌레의 진면목을 알지 못한다는 듯
천진함이 가득한데

만만치 않은 농촌의 삶을 꾸려나갈
도시에서 내려온 씩씩한 그녀는
서까래가 튼튼한 크나큰 한옥에 산다

외딴집

오랫동안 비어 있던 마을 외딴집
환하게 불을 밝혔다
서울에서 왔다는, 남도 사투리를 벗지 못한
오십 대의 그 여자
단출한 세간 살림
바짝 마른 몸, 비녀로 틀어 올린 검은 머리
튀어나온 광대뼈
사람을 꿰뚫어 보는 듯 날카로운 눈매를 가졌다

그녀의 집 대문에 높이 솟은 대나무
그 끝에 달린 낡고 색이 바랜 붉은 깃발
봄 하늘에 매달렸다
마을은 며칠을 바람에 흔들리는
청 보리밭처럼 수런거렸다
이러저러한 말들이 전봇대에 걸친 검정 비닐처럼
온 동네를 펄럭일 때
김 노인의 말 한마디가
온갖 소문을 순식간에 잠식시켰다
'요즘이 어느 세상이라고 요상한 것들이 들어와서

판을 치나, 동네가 망조가 들었구먼'

따뜻한 온기를 내는 것 같았던 그녀의 집
다시 외딴집이 되었다
개 짖는 소리
콜록대는 기침 소리
매캐한 담배 연기만 담을 넘을 뿐
오늘도 외딴집에서 나오는
수상한 온기가
봄날 아지랑이처럼 어른거리고 있다

동만씨의 요즘

달빛에 산 그림자가 길게 내려앉고
하루 종일 돌아가던
논밭의 트랙터 소리도 멈춘 조용한 저녁
개구리 울음소리만 온 들녘에 퍼진다

읍에서 출발하는 군내 버스는
끊긴 지 이미 오래

동만씨, 이른 저녁을 먹고
덜컹대는 현관문을 들랑날랑하기를 여러 번
어머니 눈치가 보이는지
아예 마당으로 나와 목을 길게 빼고
담장 너머를 바라본다

열 살이나 어린 베트남 색시
결혼 오 년차, 단단히 씌워진 콩깍지 때문인지
잠시라도 떨어지면 안절부절이다

친구 생일이라

저녁을 먹고 온다는 건 알고 있지만
전화기의 전원은 꺼져 있다는 소리만 나오고
속이 답답한 동만씨

어머니 잔소리를 뒤로하고
어린 딸아이 손을 잡고 한길로 나선다

황 노인

1
노인은 마을에서 쌈닭이라 불렸다
여든을 훌쩍 넘긴 나이에도
꼿꼿한 허리
숱 많은 머리카락은 검게 물들여
머릿기름으로 얌전하게 가르마를 냈다
번쩍번쩍 광이 나는 구두
할매의 손을 거친 푸른빛의 남방과
줄이 선 바지를 입고 나서면
누구도 시골 노인이라 생각하지 않았다

2
가뭄이 심한 지난해
논에 물을 대면서 사단이 났다
노인의 논에 물이 들어가기를 기다리는데
이웃집 노인이 먼저 자기 논으로 새치기를 한 것이다
그 이야기를 듣고 맨발로 뛰쳐나온 노인은
담에 걸쳐진 낫을 가지고
한달음에 논으로 달려가 다짜고짜 휘둘러댔다

그전에도 술을 마시면 꼭 시비가 붙어
주먹질 정도는 오갔지만
구급차가 오는 일은 처음이었다
그 후로 다들 황 노인을 피했다

3
할매가 먼저 가버리고
노인은 날개 꺾인 새처럼 풀이 죽었다
겨우 읍에 사는 아들 집을 오가며
가지 않는 시간을 달래고 있다
마을에 와도 반갑게 맞아주는 이 없고
빈 집에서 우두커니
개구리 울음소리 위안 삼아
김치 한 조각에 막걸리 잔을 기울인다
술잔에 어룽거리는
지금은 없는 든든한 지원군을 아쉬워하면서

노을 앞에 선 사람들

바다 쪽으로 길게 이어진 방파제 앞
저녁이 되자
사람들이 모여들었다

휠체어를 탄 젊은 여자와
그 뒤에 자석처럼 붙은 젊은 남자

평평하지 않은 길
남자의 얼굴에 흐르는 땀을 닦아주는
손길이 부드러웠다

저녁 공기가 선선한지
그녀의 무릎엔 얇은 담요가 덮여 있다

방파제 위를 뛰어다니는
아이들을 바라보는 그들의 눈빛에
그늘이 차고

마침내 잔잔한 물결 위로 펼쳐지는 붉은빛

가을밤의 쌀쌀한 공기가
노을에 버무려져
휠체어 쪽으로 가득 밀려온다

내겐 너무 두려운 그녀

요즘 들어 건망증이 더 심해졌다는 그녀, 혹시나 치매인가 싶어 보건소에 가서 검사도 했단다 뇌 영양제를 서너 달째 복용 중이지만 아무런 효과도 없다고 불평만 들어놓는다 며칠 전 병원 검사가 있어 전날 저녁부터 금식을 했단다 피를 뽑고 사진을 찍기 위해 두어 시간 더 기다리며 병원 둘레를 걷고 있었단다 그런데 느닷없이 참외 장수가 나타나 먹어 보라고 자꾸 들이미는 바람에 아무 생각 없이 먹었단다 달콤한 참외 한 조각에 반나절을 버렸단다 이것이 치매가 아니냐며 또 한바탕 푸념을 늘어놓는다

건망증과 치매의 차이를 설명해줘도 조금만 깜빡하면 치매인가 봐 하며 탄식하는 그녀, 암보다 더 두렵단다 낮은 돌담 너머 이것저것 먹을 것이 오고 간 것은 좋은데 이건 아니다 툭하면 불러 하소연을 퍼붓는, 내겐 치매보다 더 두려운 그녀가 나를 불러대는 소리

제3부

이별

당신을 처음 만났을 때

내 가슴은 마냥 뛰어댔지

설레는 꿈과 희망을 가득 안고

우리의 사이는 무르익나 했어

하지만 시간이 흐를수록 무덤덤해지고

뜻대로 되지 않은 우리 사이

마지막엔 비참했지

12월 31일, 홀가분하게 당신을 보내고

새로운 당신을 맞는 나는

또 심장에서 쿵쿵대는 소리를 느껴

만보기

내가 살고 있는 해남 주변을
일호선 지하철 노선 들여다보듯
꿰고 있었지

서해안 고속도로가 생기기 전부터
예닐곱 시간 손수 운전해
동생들과 손주들을 태우고 오셨던 아버지

지난봄,
짜장면을 난생처음 먹어본다는 이웃집 할머니
실없는 농담인 줄 알았는데
얼마 지나지 않아 치매라며 요양원에 가셨었지

이젠 아버지가
모든 게 새로운가 보다
'새로 생겼나'
하며 뭐든 처음 본다며 아이처럼 신기해하신다

똑같이 걸었어도 아버지의 만보기가

더 많은 숫자를 나타냈을 때
엄마는, 남모르게 어딜 그렇게 쏘다녔냐고 했지
사실은 보폭이 짧아진 이유에서였는데

오늘도
궁금증은 더 늘어 엄마를 귀찮게 하고
또 다른 속도를 내고 있는 아버지의 만보기

틈

이십 년이 훌쩍 넘은 조립식 주택
지난밤 요란한 바람에
개미가 알을 낳은 듯
하얀 스티로폼 가루 여기저기 떨어져 있다
실리콘으로 막아도 소용이 없다
눈에 보이지도 않는데
어디서 떨어지는지
싱크대 위에, 현관문 앞에
눈에 닿는 곳마다 널려 있다

내 안에도
깊이를 알 수 없는 구멍이 생겼나
속이 비틀어졌다
사소한 일에도 짜증을 내고
건네는 말에도 가시가 돋쳐
집 안에 떨어지는 스티로폼 가루처럼
상대의 가슴 여기저기 흔적을 남긴다
잊히지 않는
상처 입은 얼굴들

지금도 보이지 않는 구석진 곳에서

틈을 벌리고 있나

노매실의 사월

산으로 둘려 옴팍하게 앉은 마을
양옆 산 비탈길에 자두 과수원이
새 둥지처럼 포근하게 감쌌다
한겨울 쌓인 눈이 녹아
골짜기를 타고 내리는 물길
골골이 흘러 마을의 풍경을 만든다

자두 꽃이 만발한 사월
찔레꽃 냄새 같은
코끝으로 훅 들어오는 진한 향
온 동네를 하얗게 밝히는 자두 꽃
벌집처럼 다닥다닥 사이가 좋은 게
마을을 닮았다

사십여 가구
여기저기 산자락 밑 둥지를 틀어
오손도손 살아온
골목마다 나의 유년이 들어 있는 곳
해마다 사월이면 온통 하얀 꽃으로

옷을 갈아입는 노매실

냉동실 조기

냉동고의 서랍이 열리지 않을 정도로
두껍게 성애가 끼었다
언제 넣어두었는지도 모르는
정체 모를 검은 비닐봉지들

그중 하나를 펼치니
너댓 마리의 조기
성애를 온몸 가득 붙이고
서로의 몸을 끌어안듯 얽혀 있다
툭 건드리니 한 마리씩 나뒹굴고
수분조차 없어 말라비틀어진 모습

그 시절 엄마의 밥상에는
노릇하게 구운 임연수나
알이 꽉 찬 도루묵을
갖은 양념을 넣고 보글보글 끓인 찌개가
밥상 위에 자주 올라왔다

생선 굽는 냄새가 온 집 안에 풍기면

나와 동생들은 잔칫날처럼 부엌을 들락거렸다
조기는 구경도 하지 못하는
귀한 생선이었는데
지금은 모든 것이 흔한 건지
내 살림의 규모가 없는 건지

엄마에게 등짝을 맞은 것처럼
화들짝 놀란다

비 오는 날

봄비답지 않게
하루 종일 비가 내리는 날
나무들이 몸을 연 무등산 둘레길

초록의 단풍나무들
작은 손바닥을 하나씩 펴고
숲속 나무들 까치발을 들었는지 여기저기
가지들 손을 하늘로 뻗는다

꽃이 지고 난 벚나무 밑동마다
수북이 깔린 분홍의 꽃잎들
빗물을 친구 삼아 뿌리까지 가려는지
즐비하게 바닥에 붙어 있다

셔터를 누르니
렌즈에 스친 빗물에 얼룩져
뭉개진 초록들이 뭉텅뭉텅 찍혔다

이 비가 그치면, 숲은

온통 짙은 녹음으로 변신을 하겠지
한순간 꿈속을 거닌 것 같은
비 오는 봄날

어머니

껑충하게 키가 큰 여인

머리엔 기름병을 담은 커다란 광주리
길고 잘록한 허리엔
아기를 업은 포대기 질끈 동여매고
이른 아침부터
이 골목 저 골목 돌아다니며 기름을 판다

끼니도 거른 채
남의 집 처마 밑에서
등에 달린 아기를 풀어 가슴에 안고
젖을 물리는 삼십 대 중반의 여인

기름병이 얹혔던 자리에
밀린 외상값으로 받은 항아리가
위태롭게 올라가 있기도 하고

몇 시간째 등에 업힌 갓난아기
발을 잡아 흔들어 보고

가슴을 쓸어내리기도 한다

자식 많은 집에 태어난 일곱 번째 딸
어디 아기 없는 집에 주라는 성화에도
끝까지 손에서 놓지 않았던

예전의 그 핏덩이,
육십이 넘어
창밖의 빗소리에 뒤척이는 밤이다

나라 사슴공원에서

차에서 내리자마자
코를 움켜쥐게 하는 냄새
여기저기 널부러진 사슴의 배설물
물이 고인 웅덩이마다 꼬인 벌레들

관광객들로 넘쳐나는 절과 신사 앞
카페와 편의점 앞
사람들이 모이는 곳마다
십여 마리씩 무리 지어 다가온다

검은 비닐봉지만 들어도
다가와 코를 들이대고
긴 뿔과 다리로 위협이라도 하듯
허리를 치받는다

전설을 빌려다 만들어놓은 공원
사슴의 신성함 따위는
어느 곳에서도 찾아볼 수 없다

천 년 전부터 살아왔다는
사슴의 영역에
관광객과 장사꾼이 뒤엉킨 곳

여기
그 어디에도
맑은 눈과 도도한 몸짓을 찾을 수 없는

봄동

노지에서 겨울을 보낸
속이 들지 못한 배추
벌어진 잎 사이로 찬 겨울바람은
머물 곳을 찾지 못해 빠르게 지나간다
한 송이 커다란 꽃 같은 봄동
봄소식을 제일 먼저 알린다
한겨울을 버텨냈다는 자부심인지
칼로 밑동을 도려내도
환한 웃음을 잃지 않는다

봄동을 수확하는 날
이제 육십을 갓 넘은 친구 남편
겨울과 함께 가버렸다고 날아든 소식
전화기 너머 친구의 목소리
배춧잎까지 그 떨림이 전해졌는지
획, 불어오는 바람에 바구니마저 뒤집어졌다
환하게 웃던 그의 얼굴과 친구 얼굴이
배춧잎 사이로 어룽어룽
먼 타국에 홀로 남겨진 친구

봄동처럼 강하게 살아남기를 바라며

쏟아진 봄동을 바구니에 주워 담는다

겨울밤

아이들은 고등학교를 졸업하면 도시로 가고
남겨진 이들, 원치 않는 노인이 된다
산그늘에 이른 어둠이 내려 저녁이 깊어지면
개 짖는 소리, 멀리 산짐승 우는 소리만
고요한 밤을 흩트려놓는다

눈 내리는 겨울밤은
아이들과 한바탕 씨름으로 시작되지
아빠와 몸싸움을 하는 두 아들은 땀이 흠뻑
딸과 그 모습을 보는 나
웃음소리 집 안에 가득
다섯 식구 한 방에 모여 옹기종기
머리를 맞대면 어느새 깊어가는 어둠
오늘처럼 잠이 오지 않는 겨울밤엔
한 이불 덮고 도란도란 아이들의 꿈을 들어주던
그 시절로 소풍을 간다

눈 내리는 밤
그림책의 한 장면처럼 멈춰버렸다

겟세마네 동산에서

이천 년을 살아왔다는
겟세마네 동산의 올리브 나무들
여기저기 숭숭 뚫린 구멍
화석처럼 보이지만
중심 줄기가 잘려도
뿌리에서 새 줄기가 자라 생명을 이어간다

잘게 달린 잎들
하늘을 향해 날갯짓을 하고
가지 끝마다 주렁주렁 달린
진자줏빛 열매들
튼튼한 가지들은 양 떼를 인도하는
목동들의 지팡이가 된다

밤새 고뇌하던 예수의 몸부림
차마 볼 수 없어
볼품없이 뒤틀려 기괴한 모습으로
저렇게 변했을까
시간을 거슬러 그때 그 자리에
서 있게 한다

청소기처럼

성능 좋은 진공청소기
행여 머리카락 하나라도
미세한 먼지라도 놓칠세라 구석구석
요란한 소리 내며 바닥을 훑습니다
그 모든 것들을 가득 담아내곤
아무 일 없었다는 듯
얌전하게 입을 꾹 다물고 있습니다

마음에 담지 못하고
단번에 들통나는 나와는 너무 다른 당신
이 아침 청소기를 돌리며
변함없이 과묵한 당신을 생각합니다
내 마음은 청소기 속 먼지 함처럼
뒤엉켜 있는 미묘한 감정들이 득실대는데
입구를 꾹 막은 당신이 거기 있습니다

먼지 함을 탁탁 털어내는 아침입니다

시소놀이

삼월은 시소 놀이 중

햇살 아래 어린 진달래 살포시 눈을 뜨면

시샘하듯 몰아치는 눈보라

파르르 떨리는 꽃잎

힘센 쪽의 무게에 눌려 허공에서 발만 동동

하루에도 몇 번씩 왔다 갔다 하는 변덕스런 날씨

수시로 뒤바뀌는 마음

시소 받침대 위에서 안간힘을 쓰지만

어느 순간 익숙해진 시소놀이가 끝나면 사라지는 삼월

어디에도 붙들어 매지 못하는 봄날이다

커피

커피와 프림, 설탕의 적절한 비율로 상사들이나 손님들 입맛에 맞게 커피를 타야 했던 시절 작은 차이로도 맛은 들쭉날쭉 커피를 타던 일이 부담스럽게 느껴졌지

황금 비율이라는 일회용 커피믹스, 얼음을 넣어 시원하게 뜨거운 물을 부어 뜨겁게 물로 농도를 조절하며 누구나 제조가 가능해졌지

도시의 젊은이들도 농촌의 노인들도 한동안 다 같은 커피를 마셨지 종이컵에 빈 커피 봉지로 휘휘 저어가며 벌컥대며 위 속으로 흘려보냈지

입맛은 시대에 따라 변했지만 평등하기는 마찬가지 바람을 타고 섬마을 구석구석까지 흘러온 카페와 아메리카노가, 글로벌 시대가 출렁거린다

믹서기

모든 것을 갈아버리겠다는 듯
싱크대 위에 서 있는 믹서기

오늘은 야채 과일 대신
며칠째 담았던 온갖 구질구질한 걱정들
통째로 갈아버린다

날카로운 칼날이 돌아가면서
마음속까지 요동치는 상쾌한 느낌
시원하게 갈아놓고는
버릴 곳을 찾지 못해 미적대니

잘게 갈린 걱정들
보리순 패듯
여기저기 삐죽이 올라오는데

그럴 줄 알았다는 듯
갈아버렸다고 다 해결되는 건 아니라는 듯
나를 쳐다보는 믹서기

제4부

전지훈련

한 무리의 젊은이들
쪼그려 뛰기, 왕복 달리기
타이어 메고 달리기하며
구호를 외치고 있다
새벽 공기가 순식간에 달아오른다

양편으로 나뉜 모래사장은
훈련을 온 야구 선수들의 고함 소리로
뜨거웠던 여름처럼 웅성댄다
반바지에 반소매의 유니폼을 입고
온몸은 땀에 절어 모래 범벅인 채

바닷바람을 가르는 기합 소리가
파도 소리마저 잠재우듯
하늘 위로 울려 퍼진다
한겨울 냉기를 땀방울로 씻어낸
해수욕장
오랜만에 활기가 넘친다

가마우지

– 이월, 명사십리

바닷가 암벽
절벽에서 무리를 지어 서식한다는
저 새들
겨울 철새였던 가마우지가 지구온난화로
처음부터 제 자리인 양
이곳저곳 들쑤시고 다닌다

강이나 바다
바닥 깊은 곳까지 내려가 강한 물갈퀴로
작은 물고기까지 닥치는 대로 잡아먹는다는데
오늘
바다 위로 검은 띠가 길게 펼쳐졌다

윤이 나는 검정 날개를 퍼덕이며
미끄럼 타듯 줄을 지어 달리는
수백 마리 가마우지의 행렬

텃새들 밀어내고
그동안 빼앗겼던 바다를

이제야 되찾았다는 듯 기세등등하게

강풍주의보와 해변

― 삼월, 명사십리

강풍주의보가 해제된 해변
아직 삼월, 잔잔한 봄꽃들
기웃대며 하나둘 고개를 내미는데
윙윙대는 바람, 옷 속까지 추위가 스며든다

여기저기 바람이 남겨 놓은
거뭇거뭇 늘어진 잔해들로 가득한 모래밭

물속에서 치마처럼 몸을 펼치고
펄럭이고 있어야 할 다시마와 미역
통통한 알갱이를 잔뜩 달고
양식장을 벗어난 톳
아직 어린 주꾸미도 파도에 밀려와
정신을 잃었는지 널브러져 있다

모래밭에 나뒹굴던 양파 망
아구가 벌어지도록 꾹꾹 눌러 담는다

바람이 바닷속 보물로 인심을 쓴다며

공짜로 주워가는 나

그 모습을 파도가 철썩대며 소리친다

황사와 해무
– 사월, 명사십리

스마트폰에 초미세 먼지가
빨간 경고등으로 나타난 날

걷고 있는 해변은
내 발밑만 겨우 보일 뿐이다

바다 위 어디에도
수평선은 없다

해무에 갇힌 작은 먼지들
물 먹은 채 발밑에 내려 쌓이고

파도를 숨긴 바다는
연신 거친 숨소리를 토해낸다

사월
하늘도, 바다도 길을 잃어버렸나

소화도

남성리 선창에서 배로 십여 분
사람의 그림자도 찾을 수 없는 섬은
바위로 둘러싸여 있다
배를 대자 염소 한 마리 폴짝폴짝
바위산을 축구공 뛰듯 뛰어 올라
자취를 감춘다
이제 막 돋아난 김, 미역, 톳
바위틈마다 달린 홍합, 거북손
삿갓조개는 섬의 주인들
느닷없이 몰아치는 겨울바람에
납작이 바위에 붙어
떨어지지 않으려 안간힘을 쓴다
소한도 지나지 않은 소화도에
겨울을 견디려는 것들의
질긴 의지 같은 게 매달려 있다

게들의 숨바꼭질
– 오월, 명사십리

넓은 모래밭 위
크고 작은 구멍들 주위로
배설물 같은 모래 덩어리들 수북하다
마치 커다란 입체 지도를 펼쳐놓은 듯하다

인기척이 나면 쏜살같이
구멍 속으로 미끄러지듯 달아나는 게들
여덟 개의 짧은 다리가 얼마나 빠른지
여간해서는 잡히질 않는다

번번이 놓치다 겨우 잡은 한 마리
침입자에게 경고라도 하듯
집게발로 손가락을 사정없이 물어댄다
황급히 손을 털자 미끄러지듯 구멍 속으로 숨는다

침입자들에 의해
하루에도 몇 번씩
무너지고 새로 짓는 집들

오월,

명사십리는

게들의 숨바꼭질로 매일 새로운 마을이 생긴다

해파리들의 외출

― 유월, 명사십리

수많은 해파리들의 사체
어른 손 한 뼘 정도 되는 것에서부터
눈깔사탕만 한 크기까지
여기저기 해변에 나뒹굴어 있다

여름철이면 해수욕장에 나타나
사람들에게 독을 쏘아댄다는데
공포감 대신 호기심이 일었다

말랑말랑하고 탱글탱글한 촉감
투명한 젤리처럼 훤히 들여다보이는 속은
연분홍빛의 네 잎 클로버가 내장처럼
예쁘게 박혀 있다
거꾸로 뒤집어 보니
울퉁불퉁한 부분은 촉수가 있어야 할 자리
아직 만들어지지 않은 건지
보이지 않는다

넓고 푸르게 넘실대는 저 바닷속

무슨 문제라도 생긴 걸까
아니면, 살길 찾아 뭍으로 나온 것일까

유월, 명사십리에는
이유를 알 수 없는 죽음의 행렬이 시작됐다

한 여름날의 소낙비
- 칠월, 명사십리

뜨겁게 햇살 내리쬐는 해변
달궈진 모래밭
발바닥이 화끈거린다

바나나보트는 괴성을 실어 나르고
수상 오토바이는 뒤꽁무니에서
분수처럼 물보라를 뿜어대며
바다를 휘젓고 다닌다

후드둑 쏟아지는 빗줄기

파라솔 밑의 노부부도
물속으로 들어가 철퍼덕 주저앉고
모래 속에 파묻혀 고개만 내민 사람들
서둘러 텀벙거리며 들어간다

하나둘 떠난 빈자리
모래밭을 때리는 빗줄기,
저 혼자 신바람 난 여름날 오후

아이와 갈매기

해운대 해변 열차의 종착지, 반달처럼 굽은 백사장 끝에 작은 소나무 숲 하나 매달려 있다 넓은 백사장엔 사람 수보다 더 많은 갈매기 무리 그 무리를 아이 하나가 새우깡으로 희롱하고 있다 아이의 손짓에 따라 날아가고 때론 앉아서 기다리기도 한다 과자를 잡아채려는 눈빛들 이리저리 희번덕거린다 아이 엄마는 연신 스마트폰을 들이댄다 수십여 마리의 갈매기들 먼지와 모래바람을 일으키며 아이를 따라다녀도 어느 누구 하나 말리는 이 없다 갈매기에게 과자를 주지 말라는 방송 멘트는 겨울바람에 묻히고 송정해수욕장에는 갈매기들과 울먹이는 아이, 그 모습을 찍어대는 젊은 엄마만 바쁘다

백중사리
– 팔월, 명사십리

십여 개의 축구장 크기로
드넓은 모래밭이 드러났고
이십여 대의 트럭과 유모차 부대들
해변을 장악했다

챙 모자와 팔 토시로 무장한 채
호미를 잡고 엉덩이로 밀고 다니며
각양각색의 납작한 달팽이 모양의
모래고둥을 잡는 유모차 부대

삼각형 모양의 끌개로
신중히 모래밭을 긁어 나가면
미세하게 툭하고 걸리는 손의 느낌
골뱅이라 부르는 고둥과
노랑조개를 잡는 무리

일평생 바다 일을 하며 살아
거칠어진 손과 발
두텁게 내려앉은 굳은살에도

아직 살아 있는 손의 느낌

이젠, 노동의 고단함과
삶의 고달픔 대신 수확의 기쁨을 누린다
어린아이처럼

저녁 해가 바다 위로 퍼지면
여러 대의 트랙터가 지나간 듯 흔적만 남고
텅 빈 모래밭엔 노을이 내려앉았다

맨발의 행진

- 구월, 명사십리

아침부터 하늘 밑이 어둑하다
오늘은 쉴까,
귀찮다는 생각을 바꾸어
차로 삼십여 분 걸리는 명사십리에 도착했다

자박자박 젖은 모래 위를 걷다
발목까지 찰랑거리는 물 위에서
파도와 한바탕 씨름을 하고
그것도 시들해지면
솔숲 길을 걸으며 죽어가는
발바닥 신경을 일깨운다

돌멩이 주우며 모래 위를 서성대는 사람들
모래밭을 개간이라도 하려는 듯
손과 발로 파헤치는 사람들
둘씩, 셋씩 걸으며 이야기에 열중인 사람들
부슬부슬 는개비를 맞으며 모래 위를 걷는다

비 내리는 해수욕장

살아 있는 것을 확인이라도 하려는 듯
여기저기 이어지는 맨발의 행진
감기 몸살이라도 걸리면 어쩌겠냐는
남편의 잔소리도 잊은 채
끝에서 끝을 걸어 칠천 걸음을 넘긴다

어느 모쟁이의 죽음

운이 나빴던 걸까
힘 조절에 문제가 있었나
모래를 잔뜩 뒤집어쓴 새끼 숭어 한 마리
허옇게 눈을 뜨고 나를 바라보고 있다

지난밤
호기심 많은 동무들과
육지 가까이까지 가는 시합이라도 했나
무모한 자신감으로
무리에서 이탈이라도 했나

혼자 멀리 튕겨져 나와 ,
파도를 기다리며
얼마나 많이 파닥거리며 뛰었을까

비릿한 냄새를 맡고
여기저기에서 모여든 날 파리 떼
윙윙대는 소리
한나절도 지나지 않아

손바닥만 한 몸 형체조차 없어지겠지

자꾸만 아른대는 모쟁이의 눈

조우遭遇

– 시월, 명사십리

해변에 나뒹구는 슬리퍼 한 짝

색도, 모양도 흉하게 변해버렸다
밑창도 다 뜯겨 나가고
간신히 붙어 있는 발등 때문에
그것이 슬리퍼였음을 알 수 있었다

어쩌다 주인을 잃었는지
나머지 한쪽은 어딜 갔는지
거친 파도에 얼마나 휘둘렸기에
저 모양이 되었을까

혹시 내 모습도
저 슬리퍼처럼 변해버린 건 아닌지
나는 지금 어디에 와 있나

바닷가
쓸모없이 변해버린 슬리퍼가
수십 년도 지난 나와 만나게 한다

콤바인
— 십일월, 명사십리

콤바인 한 대가
넓은 해변을 돌아다닌다

망을 씌운 주머니를 앞에 달고
모래 위를 밭 갈 듯 지나가면
망 안으로 들어온 모래와
빈 껍데기의 조개류와 각종 쓰레기들

모래는 빠져나가고
그물망을 가득 메운 것들 걸러낸다

밤새 바다가 밀어낸 모래 언덕을
평평하게 만들기도 하고
행여 모래밭에서 발을 찔리기라도 할까
온갖 잔해들을 걸러내는
오늘, 명사십리 모래밭에는
정지 작업이 한창이다

잠이 멀리 달아난 밤
내 머릿속에도 콤바인이 시동을 건다

십이월 마지막 날
- 십이월, 명사십리

코로나가 끝나자 오랜만의 해맞이 축제 준비로 들썩이
는 해변이다 모래밭 한쪽에는 무대작업이 한창인데 사납
게 불어대는 바닷바람에 금방이라도 날아갈 듯 요란한 소
리를 내며 펄럭이는 오색 깃발들 손님 맞을 준비로 들썩거
리는 상인들 마음과 달리 여름날 장맛비처럼 쏟아지는 빗
줄기들

텅 빈 백사장

쾅쾅 울리는 음악 소리, 저 혼자 날뛰고 있다

해설

존재에 대한 탐구와 매혹적인 로컬리티

백애송 시인·문학평론가

하이데거는 언어는 존재의 집이라 한 바 있다. 이에는 존재가 언어를 통해 형성된다는 사유가 내포되어 있다. 인간은 언어를 통해 세계와 교우하고 존재를 드러낸다. 이와 같이 언어로 존재를 드러낸다는 하이데거의 철학에 입각한 강미애 시인의 시작詩作은 존재의 본래성에 대한 실존적 탐구를 통해 시詩를 지평 위로 끌어낸다. 강미애 시인의 이번 시집은 인간이라는 불완전한 존재를 자각한 시인의 의식 내부에서 발현된 보다 더 섬세한 편린들로 채워져 있다. 강미애 시인의 시편은 불완전한 삶 속에서 존재의 의미를 찾아가는 삶에 대한 첨예한 인식과 로컬리티를 바탕으로 보여주는 인간애人間愛를 몸소 실현한다. 시인의 보여주는 삶의 무늬에는 시인이 온몸으로 실천하며 보여주는 이타적인 삶에 대한 애정 또한 곡진하게 담겨 있다.

117

불완전한 존재의 근원과 내면 탐구

시인은 내적 탐구를 통해 세계와 관계를 맺으며 자신의
존재를 스스로 이해하려고 한다. 일상에서 마주하는 것들
을 자신의 삶과 결부하여 존재의 의미를 스스로 터득해가
고자 하는 것이다. 시는 인간의 삶과 존재가 가지고 있는
의미에 대해 끊임없이 질문을 던진다. 인간의 삶은 완전함
을 꿈꾸나 늘 불완전하다. 본질적인 불완전성은 완전한 인
간으로 향한 밑바탕이 될 것이기에 더 멀리 그리고 더 깊
이 내면을 탐구하게 한다. 그렇기에 시인은 자신의 내면
을 차분히 들여다보며 이 불완전성을 충만한 의미가 가득
한 세계로 전환해 보고자 하는 것이다. 시인은 시를 통해
단순히 존재의 근원을 설명하는 것이 아니라, 우리가 일상
생활에서 경험하는 것들을 자신의 삶과 연결하여 그 근원
을 간접적으로 체험할 수 있도록 한다. 인간 존재의 의미
는 누군가 만들어주는 것이 아니라 스스로 만들어가는 것
이기 때문이다.

> 반질반질 단단한 머리를 내미는 두더지
> 사정없이 내리친다
> 잡았다고 생각했는데
> 또 불쑥불쑥 머리를 내민다
> 다시 온몸의 힘을 실어

빠르게 내리친다

조금이라도 방심하면 또 머리를 내민다

벌써 며칠째 새벽까지 이어지는 두더지 잡기

요령이 생길 듯도 한데

아직도 부수지 못한 생각들

언제나 다 깨부술까

오늘도 밤늦도록 두더지를 잡는다

－「두더지 잡기」 전문

　인간의 삶은 두더지 잡기와 유사하다. 한 마리의 두더지
를 잡았다고 해서 끝나는 것이 아니라 어딘가에서 또 다른
두더지가 튀어나온다. 즉 하나의 어려운 고비를 넘겼다고
해서 삶의 모든 고비가 지나간 것은 아니라는 의미이다.
또 다른 고비가 어느 순간 자신을 찾아올지는 아무도 예측
할 수 없다. 오히려 시간이 지날수록 두더지가 올라오는
속도는 더 빨라지고, 완벽하게 잡고 싶은 마음과는 다르게
한계에 이른다. 하지만 포기하지 않고 끝까지 두더지를 잡
으려고 노력하는 것처럼, 시인 역시 불완전한 생각의 잡념
들로 둘러싸인 자신의 삶을 이해하고자 노력한다. 삶의 목
표는 완벽함이 아니라 이해와 노력이라는 점을 시인은 알
고 있다.
　"며칠째 새벽까지 이어지는 두더지 잡기"는 "요령이 생

길 듯도 한데" 여전히 어렵기만 하다. 만약 삶이 완전하다면 더 이상 올라오는 두더지는 없지 않겠는가. 깊이 고뇌했음에도 해결했다 싶으면 다른 문제 상황이 발생하고, 경우에 따라서는 두세 개의 문제가 동시에 발생할 때도 있다. 삶이 실제의 두더지 게임이라면 온 힘을 다하여 열심히 망치로 두드려 보겠으나, 삶은 게임이 아니기에 망치까지 부서뜨릴 수는 없다. 망치를 너무 세게 내리쳐서 망치가 부서지면 다음 문제를 해결할 수 없게 된다는 것쯤은 시인도 익히 알 것이다. "아직도 부수지 못한 생각들"로 시인의 내면은 어지럽지만, 이 갈등의 근원에 깊이 천착하여 돌아보고 이 상황을 극복해나가고자 한다. 시인은 "오늘도 밤늦도록 두더지를" 잡으며 근본적으로 해결해야 할 문제 상황들을 회피하지 않고 정면으로 마주한다.

　내게는 생각에 따라 모양이 변하는 커다란 창이 하나 있어요

　사각이었다가, 원이었다가 끝이 뾰족한 세모가 되기도 하죠

　때로는 뿌연 안개에 둘려 있는 것처럼 희미하고

　세찬 비바람을 맞은 듯 얼룩덜룩 일그러져 있어요

자세하게 보려 할수록 여러 겹으로 겹쳐 뭉개지고

진이 빠지도록 하루 종일 마주 앉아 있기도 해요

나밖에는 볼 수 없지만 사실은 나도 잘 보지 못해요

오늘따라 유난히 탈탈 소리를 내며 돌아가는 세탁기 같
은 창이

내 안에서 아우성을 쳐요

— 「창」 전문

이 시는 내면의 불확실성과 복잡한 심경을 '창'이라는 은
유적 이미지로 형상화하고 있다. 창문은 내부 세계와 외부
세계를 연결하는 매개체이다. 창문은 한쪽만 있는 것이 아
니기에 한쪽이 닫히면 다른 한쪽이 열리기 마련이다. 이
다른 한쪽의 창문을 통해 외부와 단절되지 않고 세상과 소
통한다. 다만 창문을 열지 않으면 아무런 소리도 들을 수
없기에 창문을 활짝 열고 내면의 소리에 귀를 기울여야 할
것이다. 삶은 어떤 창문을 통해 바라보느냐에 따라 제각각
다르게 보인다.

시인에게는 "생각에 따라 모양이 변하는 커다란 창이 하

나" 있다. 이 창은 "사각이었다가, 원이었다가 끝이 뾰족한 세모가 되기도" 한다. 사각의 마음이었다가 둥근 원의 마음이 되고, 뾰족한 마음이 되기도 하는 것이다. "때로는 뿌연 안개에 둘려 있는 것처럼 희미하고/세찬 비바람을 맞은 듯 얼룩덜룩 일그러져" 내면을 들여다보지 못한다. "자세하게 보려 할수록 여러 겹으로 겹쳐 뭉개"져 때로는 "진이 빠지도록 하루 종일 마주 앉아 있기도" 하다. 본질에 한 발자국 더 다가가려 하지만 오히려 혼란만 자초하는 일이 되어 종일 마주 앉아 자신과의 사투를 벌이는 것이다. 이는 애석하게도 "나밖에는 볼 수 없지만", 사실 시인 자신도 잘 보지 못한다. 자신의 내면을 완전히 이해하고 싶지만 한계에 부딪힌 것이다. 이는 인간 존재가 본질적으로 가지고 있는 어려움이기도 하다. 불확실한 상황 속에서 혼란을 겪는 시인의 내면세계가 고스란히 드러난다.

"오늘따라 유난히 탈탈 소리를 내며 돌아가는 세탁기"처럼 여러 감정이 뒤엉켜 시인의 마음 "안에서 아우성을" 친다. 시인은 어떠한 소용돌이 속에서도 아우성치는 자신의 내면을 방관하지 않고 직면하여 극복하고자 고군분투한다. 창문을 여닫는 행위를 하는 선택의 열쇠는 결국 시인에게 있기에 언제든 닫힌 창문을 열고 새로운 기회가 존재하는 외부 세계로 나아가고자 하는 것이다. 어떤 방향으로 어떻게 나아갈 것인지는 시인의 몫이다.

모든 것을 갈아버리겠다는 듯
싱크대 위에 서 있는 믹서기

오늘은 야채 과일 대신
며칠째 담았던 온갖 구질구질한 걱정들
통째로 갈아버린다

날카로운 칼날이 돌아가면서
마음속까지 요동치는 상쾌한 느낌
시원하게 갈아놓고는
버릴 곳을 찾지 못해 미적대니

잘게 갈린 걱정들
보리순 패듯
여기저기 삐죽이 올라오는데

그럴 줄 알았다는 듯
갈아버렸다고 다 해결되는 건 아니라는 듯
나를 쳐다보는 믹서기

- 「믹서기」 전문

 믹서기를 통해 내면의 고민을 해결해 보려 하지만 역시
한계에 직면한다. 날카로운 칼날로 "모든 것을 갈아버리"

는 믹서기처럼 시인의 고민도 모두 갈아서 없애버리고 싶다는 의지가 엿보인다. 그래서 "오늘은 야채 과일 대신/며칠째 담았던 온갖 구질구질한 걱정들"을 통째로 넣고 갈았다. "마음속까지 요동치는 상쾌한 느낌"이 들었으나 "버릴 곳을 찾지 못해 미적대니" "잘게 갈린 걱정들"이 다시 "여기저기 삐죽이 올라"온다. 걱정을 갈아내기는 했지만 완전히 끝난 것이 아닌 것이다. 잘게 갈아낸 걱정들이 오히려 이곳저곳 흩어져서 새로운 문제로 대두되고 있다. 감정을 억누른다고 하여 근본적으로 문제가 해결되지는 않는다는 것을 몸소 체득한 것이다. "그럴 줄 알았다는 듯/갈아버렸다고 다 해결되는 건 아니라는 듯" 믹서기가 시인을 쳐다본다.

삶의 자잘한 걱정과 고민을 마주하는 방법은 저마다 다를 것이다. 어떤 사람은 정면으로 마주하여 돌파구를 찾고자 할 것이고, 어떤 사람은 상황에서 도피하여 문제가 해결되기를 기다리기도 한다. 어떠한 경우든 일시적으로 문제를 해결하는 것은 다시 재발할 여지를 남겨놓는 것이기에 갈등이 완전히 해소되었다고는 할 수 없다. 갈아낸다고 하여 모든 것이 끝나는 것은 아니라는 깨달음이 삶의 문제 상황에 직면하였을 때 근본적인 해결책은 될 수 없다는 질문을 남긴다. 그럼에도 이 상황을 담담하게 받아들이며 극복하려는 시인의 의지가 돋보인다.

매혹적인 로컬리티(locality)와 인간애人間愛

로컬리티는 지역성地域性이라는 의미로 강미애 시인의 시에서 작품의 배경이 되기도 하고 정서를 형성하는 데 중요한 요인이 되기도 한다. 시인이 살고 있는 땅끝 마을 해남에 대한 정서가 시 속에서 독자들의 마음을 사로잡는다. 해남이라는 공간 안에서 살아가는 사람들의 이야기를 시에 반영하여 더욱 생동감 있게 하며 삶을 깊이 이해할 수 있도록 한다. 지역이 가지고 있는 공간의 배경을 넘어 시인이 살고 있는 곳에서 일어나는 사실들을 몸소 체화하여 시 속에 형상화한다. 여기에는 지역에 대한 애정은 물론 타인과의 공감에서 비롯되는 따뜻한 이타적인 마음도 내포되어 있다.

백 년은 족히 넘게
마을 입구를 지키며 살아온
팽나무 두 그루
굵은 밑동과 구불구불 휘어진 가지들
하늘을 향해 팔을 벌렸다

물오른 가지마다 초록의 잎들
앞다투어 펴지고
풍성한 잎으로 그늘을 만들기 시작했다

김 씨 할아버지, 여전히 읍내 나간 마나님 기다리며
그늘 밑을 서성댈 것이고
노화댁 아주머니, 유모차 밀고 밭에 가는 길
허리 펴고 잠시 쉬다 가겠지

올여름에도
수박을 쪼개 나누고, 옥수수와 감자
모깃불 피우며 늦은 밤까지 수런대겠지

사람들 오다가다 발길을 멈추고
나무 밑에 앉아 지난밤의 안부도 묻고
망쳐버린 농사 이야기도 나누는 곳

오월
팽나무, 넓게 그늘을 늘이고 있다

- 「팽나무 그늘」 전문

이 시는 '오월'이 보여주는 푸른 생명력을 통해 사람의
관계와 공동체의 연대감을 보여준다. 마을에는 "팽나무 두
그루"가 있다. 팽나무는 단순한 자연물이 아니라 '백 년'
이라는 마을의 역사와 함께해 온 상징물이다. "굵은 밑동
과 구불구불 휘어진 가지들"이 그 세월의 흔적을 잘 드러

낸다. "물오른 가지마다 초록의 잎들/앞다투어 퍼지고/풍성한 잎으로 그늘을 만들기 시작"하면, 이 그늘 아래로 마을 사람들이 하나둘 모이기 시작한다. "읍내 나간 마나님 기다리"는 "김 씨 할아버지"도 있고, "유모차 밀고 밭에 가는" "노화댁 아주머니"도 있다.

여름 밤이면 그늘 밑에 모여 모깃불도 피우고 수박과 옥수수, 감자를 나누어 먹으며 수런거릴 것이다. "사람들 오다가다 발길을 멈추고/나무 밑에 앉아 지난밤의 안부도 묻고/망쳐버린 농사 이야기도 나누는 곳"이 바로 팽나무 그늘 밑이다. 이곳에서 마을 사람들은 서로 교류하고 소통하며 공동체 문화를 형성해 나간다.

도시에서는 찾아볼 수 없으나 농촌 마을에 가면 마을의 입구나 중심지에 당산나무가 한 그루씩 서 있다. 시 속에 형상화되어 있는 팽나무처럼 말이다. 당산나무는 신목神木으로 마을을 지켜주는 신이 깃들어 있다고 믿었다. 마을 사람들은 당산나무를 중심으로 연대하며 공동체 생활을 형성하였다. 당산제를 열어 마을의 안녕과 농사의 풍년을 기원하였고, 나무 아래 모여 서로의 일상을 공유하는 교류의 장이다. 현대에는 당산나무가 가지고 있는 신앙적 의미가 약해졌지만, 여전히 당산나무는 보호수로 지정되어 보존되고 있다. 시인은 팽나무 그늘 아래 모여든 마을 사람들을 통해 과거로부터 세월이 많이 흘렀지만 여전히 공동체와 연대가 가지고 있는 가치와 그 중요성을 보여주고자 한다.

시에는 농촌 마을이 가지고 있는 안타까움의 정서도 형상화되어 있다.

아이들은 고등학교를 졸업하면 도시로 가고
남겨진 이들, 원치 않는 노인이 된다
산그늘에 이른 어둠이 내려 저녁이 깊어지면
개 짖는 소리, 멀리 산짐승 우는 소리만
고요한 밤을 흩트려놓는다

눈 내리는 겨울밤은
아이들과 한바탕 씨름으로 시작되지
아빠와 몸싸움을 하는 두 아들은 땀이 흠뻑
딸과 그 모습을 보는 나
웃음소리 집 안에 가득
다섯 식구 한 방에 모여 옹기종기
머리를 맞대면 어느새 깊어가는 어둠
오늘처럼 잠이 오지 않는 겨울밤엔
한 이불 덮고 도란도란 아이들의 꿈을 들어주던
그 시절로 소풍을 간다

눈 내리는 밤
그림책의 한 장면처럼 멈춰버렸다

－「겨울밤」 전문

많은 사람들이 농촌을 떠나 도시로 이동한다. 젊은 세대는 일자리와 교육을 위해 도시로 떠나고, 농촌에 "남겨진 이들"은 "원치 않는 노인이 된다". 저녁이 되면 멀리 "개 짖는 소리"와 "산짐승 우는 소리만" 적막하게 들려온다. 과거 "눈 내리는 겨울밤"이면 "아이들과 한바탕 씨름"이 벌어지기 마련이었다. 아들은 아빠와 몸싸움을 하고, 시인은 딸과 함께 그 모습을 지켜보는 따뜻했던 기억은 말 그대로 과거형이다. "다섯 식구 한 방에 모여 옹기종기/머리를 맞대"던 그 시절은 이제 더 이상 찾아볼 수 없는 것이다.

시간이 흐르면서 시대도 변화하고 있다. "오늘처럼 잠이 오지 않는 겨울밤"에는 웃음과 온기가 가득했던 겨울밤이 있던 "그 시절로 소풍을 간다". 지금은 "눈 내리는 밤/그림책의 한 장면처럼 멈춰버렸다". 시간이 흐르는 것을 막을 수 없지만 과거를 떠올리며 위안을 받는다. 아마 시인에게도 농촌에 남아야 하는 이유, 도시로 떠나야 하는 이유가 양가적으로 존재하였을지도 모른다. 어찌되었든 시인은 남는 것을 선택하였다. 모두가 도시로 떠난다면 지역은 누가 지킬 것인가라는 근본적인 물음 앞에 시인은 망설였을 것이다.

그럼에도 불구하고 마을에는 시인이 마음으로 보듬어야 하는 많은 것들이 있다. 마을에는 "요일도, 본인 나이도 가물가물하지만/산책하는 일" 만큼은 잊지 않은 "아흔셋의 금자씨"(『유모차를 미는 금자씨』)도 있고, "혼잣말로 구시렁대며 남편 흉을 보지만/누가 맞장구라도 치면/눈에 쌍심지를 켜고 남편을 감"싸는 "사이좋은 땅콩을 닮"은 "칠십 년을 함께했다는 노화댁 아주머니"(『거리 두기 2』)도 있다. 퇴직하기 전 "고향 근처/여동생이 사는 동네에 집을 짓고" 전원생활을 시작했는데 "미처 눈도 감지 못하고"(『그 남자』) 갑자기 아내를 먼저 떠나 보낸 뒤 홀로 남겨진 그도 있다. 작은 벌레와 김장 배추를 나눠먹는 "도시에서 내려온 씩씩한 그녀"(『병영, 한옥에 빠진 그녀』)와 "열 살이나 어린 베트남 색시"를 둔 "결혼 오 년차"(『동만씨의 요즘』) 동만씨, "마을에서 쌈닭이라"(『황 노인』) 불리는 황 노인, "요즘 들어 건망증이 더 심해졌다는 그녀"(『내겐 너무 두려운 그녀』) 들도 있다. 시인이 시 속에 한 폭의 그림처럼 오롯이 들여놓은 사람들의 풍경은 무채색인 듯하면서도 각각의 개성이 짙게 배어 있다.

특히 4부는 연작시로 이루어져 있다. 연작시는 하나의 주제나 배경, 서사를 중심으로 연결된 작품이다. 여기에서는 '명사십리'를 다각적으로 형상화하여 시의 외연과 내연을 확장한다. '명사십리'라는 특정한 공간에서 벌어지는 일들을 1월부터 12월까지 각각 월별로 담고 있다. 1월에는 한겨울 훈련을 온 야구 선수들의 모습이 담겨 있고(『전지훈련-일월, 명사십리』), 2월에는 철새인 가마우지의 행렬을(『가마우지-이월, 명사십리』) 담았다. 3월에는 "강풍주의보가 해제된 해변"에서 "바람이 남겨놓은/거뭇거뭇 늘어진 잔해들"을 가득 담아 오는 시인의 모습(『강풍주의보와 해변–삼월, 명사십리』), 4월에는 해무에 갇혀 "하늘도, 바다도 길을 잃어버"린 모습(『황사와 해무–사월, 명사십리』), 5월에는 "하루에도 몇 번씩" 새로 집을 짓는 "게들의 숨바꼭질"(『게들의 숨바꼭질–오월, 명사십리』)을 보여준다. 6월에는 해파리 떼의 죽음(『해파리들의 외출–유월, 명사십리』)을 보여주고, 7월은 비 내리는 여름의 모래밭(『한 여름날의 소낙비–칠월, 명사십리』), 8월에는 조개 잡으러 나온 할머니들의 모습(『백중사리–팔월, 명사십리』)을 담았다. 9월에는 젖은 모래 위를 걷는 사람들이 있고(『맨발의 행진–구월, 명사십리』), 10월은 해변에서 발견된 "나뒹구는 슬리퍼 한 짝"(『조우遭遇–시월, 명사십리』)에 자신을 이입하여 이야기한다. 11월은 정지 작업을 하는 해변(『콤바인–십일월, 명사십리』), 해맞이 축제장으로 변한 명사십리 해변에 비가 내려 "음악 소리, 저 혼자 날뛰고 있"는 "텅 빈 백사장"(『십이월 마지막 날–십이월, 명사십리』)이 되어 버린 12월까지의 명사십리에는 자연현상도 담겨 있고 인간의 삶의 모습도 담겨 있다.

　로컬리티는 한 곳에 정체되어 있는 것이 아니라 우리가 함께 지켜 나아가야 하는 공간이다. 명사십리라는 지역의 공간이 가지고 있는 유의미한 관계들을 통해 시인이 지키고자 하는 것은 다름 아닌 함께하는 '공존'일 것이다. 이러

한 매혹적인 공간에서 이웃과 함께하는 일상들이 때로는
시인에게 위안이 되고 또 행복을 준다.
　다음의 시에서는 자신을 헌신하고 희생하는 이타적인
사랑이 담겨 있다.

　　굳게 입을 막은 창고 문을 열자
　　어둠과 함께 먼지가 훅 달려 나왔다

　　어둠 사이로 보이는 양쪽 선반에
　　가지런히 놓여 있는 물건들

　　목이 부러져 한 귀퉁이에 세워져 있는 삽
　　자루가 빠진 호미

　　바람 빠진 자전거 바퀴
　　녹이 슬어 뫼비우스 띠 같은 체인

　　주인의 손길을 기다리는데

　　아버지의 기억은 창고 어느 구석
　　출렁이는 거미줄 같은 미로에 빠져버렸나

　　　　　　　　　　　　　－「아버지의 창고」 전문

시인은 사랑을 통해 단순한 감정의 차원이 아니라 인간의 의미를 실현하고자 한다. 삶을 이해하고 배려하며 조건 없는 나눔의 실천은 부모님의 구도적 사랑에서 비롯된다. 어릴 적에는 미처 깨닫지 못했던 사실들을 어른이 되어 가는 과정에서 체득한다. 아버지의 창고에는 아버지의 시간들이 고스란히 놓여 있다. 덧없이 지나온 시간 속에서 시인은 "어둠 사이로 보이는" "가지런히 놓여 있는 물건들"을 마주한다. 즉 창고 문을 열고 아버지의 세월을 마주하는 것이다. "목이 부러져 한 귀퉁이에 세워져 있는 삽/자루가 빠진 호미"와 "바람 빠진 자전거 바퀴/녹이 슬어 뫼비우스 띠 같은 체인"은 단순히 놓여 있는 물건이 아니라 아버지와 함께 나누었던 기억의 파편들이다. 이 물건들은 "주인의 손길을 기다리"지만 "아버지의 기억은 창고 어느 구석/출렁이는 거미줄 같은 미로에 빠져버렸"다. 거미줄이 복잡하게 얽혀 있는 형국처럼 현재 아버지의 기억은 퇴화하여 명확하지 못하다.

아버지는 시인이 "살고 있는 해남 주변을/일호선 지하철 노선 들여다보듯/꿰고 있"던 분이시다. 그런데 지금의 아버지는 "'새로 생겼나'/하며 뭐든 처음 본다며 아이처럼 신기해하시"(「만보기」)며 희미한 기억을 잡으려 애쓰고 계신다. 그럴 때마다 시인은 손톱 밑이 "일 년 내내 검게 물들어 있었"던 "아버지의 커다란 손"(「토마토 곁순을 자르며」)이 자꾸 떠오를 것이다. 시인에게 둥근 마음은 아버지로부터 온다. 시인이 진정 원하는 것은 무엇인지, 어떠한 삶을 살고 싶은 것인지 등의 삶의 궁극적인 진리와 깨달음은 아버지를 통해 시인에게 온 것이다. 미성숙한 부분을 채워주고 용기를 북돋워주며 시인의 삶에서 더 깊은 의미를 찾도록 돕는 분이 바로 시인의 아버지이다.

시인은 지금까지 받은 이러한 지극한 사랑의 힘을 이제는 주위와 나누고자 한다. 이웃에게 사랑을 베풀며 '나' 중심이 아닌 서로를 잇는 '우리'를 향해 나아가고자 한다. 이는 자연을 들여다보는 시인의 시선에서도 확인할 수 있다. 겨울을 따뜻하게 나라고 집 안에 옮겨 놓은 장미 허브 잎에서 발견한 "손톱눈만 한/초록의 새끼들 수십 마리"(「작은 소동」)의 메뚜기 떼를 애써 외면하고, "배고픈 새들의 공격 대상"이 된 "월동 배추가 가득한 텃밭"(「이불 덮은 배추밭」)을 철통 방어하지 못한다. 어떠한 경우라도 시인은 '혼자'가 아닌 '함께'를 실현하고자 한다.

강미애 시인의 시를 읽으면 시를 쓰는 마음에 대해 다시 생각해 보게 된다. 시는 자신과 대면함과 동시에 세계와 조우하는 통로이다. 강미애 시인은 삶과 시를 분리하여 생각하지 않는다. 때로는 자신의 복잡한 내면을 드러내어 스스로 위로하기도 하고, 자신만의 목소리로 세상을 들여다보며 소통하고자 한다. 때문에 강미애 시인의 시는 말랑

말랑한 듯하나 강인하고, 삶과 사물을 바라보는 시선 또한 견고하다. 물론 이에는 정제된 언어를 통해 감각적 사유를 전달하는 시인만의 방식이 기저에 있기 때문에 가능하다.

현대인들은 과학기술의 발달로 시 한 편조차 읽을 수 없을 정도로 직관적인 사고방식에 익숙해져 있다. 빠르게 변화하는 디지털 매체 속에서 감각이 파편화되어 가고 있는 것이다. 이에 오늘날을 서정이 사라진 시대라고들 말한다. 하지만 이럴 때일수록 시를 통해 인간이 갖추어야 하는 기본적인 삶의 의미에 대한 고민과 탐구가 필요하다. 이에 강미애 시인은 내면적 성찰을 통해 불완전한 존재에 넌지시 위로를 건네고 희망을 주고자 한다. 또한 본인이 살아가는 지역에 대한 애정이 깊고 그곳에서 만나는 사물과 사람, 그리고 삶의 단면들을 함께 들여다보고 공감하고자 한다. 시인의 경험에서 오는 구체성이 시적 사유의 자장을 넓혀 이미지를 명징하게 하기 때문에 시집 속에서 보여주고 있는 풍경들이 우리에게 익숙한 듯 낯설게 다가온다. 삶에 대한 신뢰와 믿음 그리고 애정을 가지고 함께하고자 하는 공존의 마음이 한데 어우러진 것이 강미애 시인의 시이다.

유모차를 미는 금자씨

초판1쇄 찍은 날 | 2025년 1월 10일
초판1쇄 펴낸 날 | 2025년 1월 15일

지은이 | 강미애
펴낸이 | 송광룡
펴낸곳 | 문학들
등록 | 2005년 8월 24일 제2005 1-2호
주소 | 61489 광주광역시 동구 천변우로 487(학동) 2층
전화 | 062-651-6968
팩스 | 062-651-9690
전자우편 | munhakdle@daum.net
블로그 | blog.naver.com/munhakdlesimmian

ⓒ 강미애 2024
ISBN 979-11-94544-03-6   03810